Du lebst in mir

Hubertus Scheurer

Du lebst in mir

Die Trauer eines vereinsamten Menschen

Eine Zusammenstellung von Gedichten
aus den Lyrik-Bänden für
Carolina

Bibliografische Information der Deutschen Nationalbibliothek:
Die Deutsche Nationalbibliothek verzeichnet diese Publikation in der
Deutschen Nationalbibliografie; detaillierte bibliografische Daten sind im
Internet über http://dnb.d-nb.de abrufbar.

Satz, Umschlaggestaltung, Herstellung und Verlag:
Books on Demand GmbH, Norderstedt
ISBN: 978-3-8391-9300-6

Informationen über:

www.Hubertus-Scheurer.de

Inhalt

Mein liebster Schatz

Mein liebster Schatz, ich träume mich
Von einem Tag zum andern;
Mein Herz schlägt ganz allein für Dich,
Welch' Lust, mit Dir zu wandern.

So möcht ich gern mit dir vereint
Durch dieses Leben gehen,
Wo täglich uns die Sonne scheint,
Wir so viel Schönes sehen.

Ich fühle Deine liebe Hand,
Laß mich sie immer halten;
Wir wollen uns ein Wunderland
Von höchstem Glück gestalten!

Wehmut

Die Welt schmeckt mir nach Abschied,
Auch wenn ich glücklich bin,
Als ob ein Hauch vorbeiflieht,
Trübt Wehmut meinen Sinn.

Der Herbst ist eingezogen,
Die Blätter fallen still;
Nie ward noch ausgewogen,
Was dieses Leben will.

Es bleibt mir eine Hoffnung,
Daß Liebe nicht vergeht,
Und wenn sie in Verzweiflung
Nur über Gräber weht.

42 Jahre später

Im Herzen die Trauer

Im Herzen die Trauer,
Wer nie sie empfand,
Dem blieb auch das tiefste
Gefühl unbekannt.

Die Liebe, das Leiden,
Auf's engste verwandt,
Ein Paar sind die beiden,
Sie gehn Hand in Hand.

Für wen es das Mitleid
Im Herzen nicht gibt,
Der hat vor allem
Sich selber geliebt.

Unser Weg

Lange, lange ist es her,
Daß wir unsren Weg gegangen,
Scheint, als ob es heute wär,
Halt im Herzen Dich umfangen.

Spüre Dich bei jedem Schritt,
Den ich nun alleine gehe,
Es ist so, als gingst Du mit,
Ich fühl Dich in meiner Nähe.

Deine Hand in meiner Hand,
Dich in Deiner Anmut schauen,
Unsrer Liebe innig Band,
Daran will ich mich erbauen.

Für Dich

Aus tiefem Schlaf wieder erwacht,
Diesem kleinen Tod der Nacht,
Um mich mühvoll zu erheben,
In den neuen Tag zu streben.

Den ich voll der Sorge schau,
Scheint er mir so trist und grau,
Doch um Dich alsbald zu sehen,
Lohnt es sich noch aufzustehen.

Das ist meines Lebens Lauf,
Braucht man mich, geb ich nicht auf,
Magst auch auf den schwersten Wegen
Deine Hand in meine legen.

Und wenn sie dereinst erbleicht,
Hab auch ich mein Ziel erreicht,
Kann zur letzten Ruh' mich legen,
Komm Dir freudig dann entgegen.

Du hast geweint

Du hast geweint, das tut mir weh,
Ich fühle Deinen Schmerz,
Die Träne, die ich bei Dir seh,
Ist wie ein Stich ins Herz.

Ich halte Dich, ich bin bei Dir,
Was immer mag geschehn,
Den weitren Weg, den werden wir
Tapfer gemeinsam gehn.

Du schaust mich an, ein Sonnenschein,
Dein Lächeln tut so gut,
Wir wollen zuversichtlich sein
Und fassen neuen Mut.

Am Fenster

Du stehst nicht dort wie sonst am Fenster
Und winkst mir nicht beim Fortfahrn zu,
Gardinen seh ich, wie Gespenster,
Sich leicht bewegend, was machst Du?

Ich bin bei Dir, Du sollst nicht leiden,
Geb Dir doch meine ganze Kraft,
Würd gern gemeinsam mit Dir scheiden,
Entschweben erdgebundner Haft.

In eine Welt, vom Licht durchdrungen,
Wo wir in eine Richtung sehn,
Grad so, als ob wir eng umschlungen
Zusammen an dem Fenster stehn.

»Ich sterbe«

»Ich sterbe«, nein, das tust Du nicht,
Das darfst Du nicht mal denken,
Ich möcht, bevor mein Herz zerbricht,
Dir so viel Liebe schenken.

Du siehst den Schnee, das kalte Kleid,
Es geht Dir zu Gemüte.
Die Sonne kommt, wart ab die Zeit,
Wart auf des Frühlings Blüte.

Sie gibt Dir wieder neue Kraft,
Du wirst Dich dann erheben,
Um, ist erst dieser Schritt geschafft,
Den Sommer zu erleben.

Vergessen wird Dein Kummer sein,
Mach Dir nur keine Sorgen,
Ich schließ Dich in die Arme ein,
Du bist bei mir geborgen.

Wenn die Engel ...

Liebste, Du bist einen langen
Schweren Leidensweg gegangen,
Deine letzten Kräfte schwinden,
Möchtest bald Erlösung finden.

Doch die Atemluft zum Leben
Wird auch mir durch Dich gegeben;
Ich möcht Dich noch enger fassen,
Nicht aus meinen Armen lassen.

Weiß, Liebste, ich darf nicht klagen,
Wenn die Engel fort Dich tragen,
Zählt nur eins, daß Dir der Frieden
Ist nun ewiglich beschieden.

Im Sterbezimmer

Du liegst in Deinem Sterbezimmer,
Ich sitz bei Dir, Du atmest kaum,
Wünsch mir, dies wäre nur ein schlimmer,
Bald endender, sehr böser Traum.

Du blühtest wunderbarerweise
Noch einmal auf, mit letzter Kraft
Hauchtest mir in mein Ohr ganz leise:
Ich bin am Ziel, hab es geschafft.

Du welkst, die Wangen eingefallen,
Ich streichle über Dein Gesicht,
Hör schon die Totenglocken schallen,
Nein, so weit ist es jetzt noch nicht.

Noch in das Leben eingebunden,
Fühl ich mich als ein Teil von Dir,
Die Zeit bemißt sich nun in Stunden,
Bis es vollbracht, dann sterben wir.

Keine Bäume

Keine Bäume, Blumen, Pflanzen;
Stell' Dir vor, sie gäb's nicht mehr,
Schien die Erde nicht im ganzen
Als Planet dann trist und leer?

So weit ist es nun gekommen,
Wie versteinert schaun sie aus,
Seit die Liebste mir genommen,
In dem Sarg verließ das Haus.

Für mich gibt es keine Farben,
Meine Welt wurd öd und grau,
Alle die Gefühle starben,
Nur nicht die für meine Frau.

Mein Puschi komm!

Wenn Dich des Nachts die Schmerzen quälten,
Dann riefst Du mich durchs Babyphone,
Mein Puschi komm! Minuten zählten,
Ich war hellwach beim ersten Ton.

Bin drauf so schnell ich konnt gekommen,
Hab Dich versorgt, ließ nach die Pein,
Dich in die Arme sanft genommen,
Bis Du beruhigt schliefst wieder ein.

Des Nachts, ich höre es bisweilen:
Mein Puschi komm! Ich käm so gern,
Wach auf, ich möchte zu Dir eilen,
Doch Du bist unerreichbar fern.

Und mich erfaßt ein starkes Sehnen,
Ach, könnte ich doch bei Dir sein,
Ich weine um Dich bittere Tränen,
Bin ruhelos, schlaf nicht mehr ein.

Paß auf ihn auf!

Als sich Dein Weg zum Ende neigte,
Sprachst Du vertrauensvoll zu ihr:
Paß auf ihn auf! Und darin zeigte
Sich Deine Liebe, sie galt mir.

Paß auf ihn auf, Du schienst zu spüren,
Daß ich, wenn Du gingst fort von mir,
Mein Leben könnt nicht weiterführen,
Weil ich den Mut dazu verlier.

Warum sollt ich auch weiterstreben,
Ich bin am Ziel, tat meine Pflicht,
Es gibt nichts, was ich Dir könnt geben,
Nur Tränen, und die siehst Du nicht.

Ins Schattenreich

Die Zeit steht still, Du bist nicht mehr,
Ein Schatten blieb von mir,
Irrt ruhlos wie im Kreis umher,
Sucht überall nach Dir.

Er sucht im Sterbezimmer Dich,
Doch Du bist nicht mehr dort,
Wo bist Du? Er erinnert sich,
Du starbst, man trug Dich fort.

Er sucht in der Vergangenheit,
Jetzt bist Du ihm ganz nah,
Geht wieder Hand in Hand zu zweit,
Dann bist Du nicht mehr da.

Er sucht und sucht, doch schattengleich
Entschwindest Du dem Blick,
Er folgt Dir bald ins Schattenreich,
Denn dies ist sein Geschick.

Die Zeit ging weiter

Hör, mein Schatz, die Zeit ging weiter,
Nur in mir, da blieb sie stehn,
Man zeigt sich wie ehdem heiter,
So als wäre nichts geschehn.

Meine Welt, sie ging zugrunde,
Mein Herz schlägt nur noch für Dich,
Trägt so schwer an seiner Wunde,
Windet in Verzweiflung sich.

Würd so gern an Dir gesunden,
Eins mit Deinem Herzen sein,
Unauflöslich fest verbunden,
So, daß nichts sie könnt entzwein.

Das Letzte was ich habe

Seit man Dich trug zu Grabe,
Ist alles, was ich habe,
Erinnerung an Dich,
Die keinen Tag verblich.

Daß Wunden nicht verweilen,
Weil Zeit sie würde heilen,
Wie schöpf ich daraus Mut,
Für mich wär das nicht gut.

Das Letzte, was ich habe,
Fiel auch anheim dem Grabe,
Die Welt ist so schon leer,
Dann hätt ich gar nichts mehr.

Eine zauberhafte Frau

Siehst Du, mein Liebling, ganz genau,
Warst eine zauberhafte Frau;
Das hör ich alle jene sagen,
Die mit mir Deinen Tod beklagen.

Dies Zauberhafte zog mich an,
Hält mich noch heut in seinem Bann
Und wird in den verbliebnen Zeiten
Bis hin ins Jenseits mich begleiten.

Hier schließt sich der Kreis

Ich komm nach Haus und schau nach Dir,
Wünsch mir, Du mögst am Fenster stehn,
Weiß doch genau, Du bist nicht hier,
Ich werd Dich niemals wiedersehn.

Das Haus ist kein Zuhause mehr,
Es lebt nicht mehr, seit Du bist fort,
Erscheint mir trostlos nun und leer,
Gleichwohl zieht's mich an diesen Ort.

Hier sah ich Dich zum letzten Mal,
Hier hielt ich in den Armen Dich,
Hier teilt' ich mit Dir Freud und Qual,
Hier schließt der Kreis des Lebens sich.

Die Endstufe

Wir durchschritten viele Stufen
Im vereinten Lebenslauf,
Bis Du wurdest abberufen,
Weiter komm ich nicht hinauf.

Abschied will mir nicht gelingen,
Denn mein Herz ist nicht bereit,
Kann zur Trennung es nicht zwingen,
Sehnt zurück sich nach der Zeit,

Als uns in den letzten Jahren
Tiefste Innigkeit verband,
Haben Liebe wir erfahren,
Die auf ewig hat Bestand.

Wonach sollt ich nun noch streben,
Hab ich nicht erreicht mein Ziel?
Mich zu Höhrem zu erheben,
Wär ein aussichtsloses Spiel.

Ich will zu Dir

Bei allem, Liebling, was ich tu,
Werd ich beherrscht von Eile,
Du läßt es einfach nicht mehr zu,
Daß ich in Ruh' verweile.

Ich will zu Dir, so schnell ich kann,
Dich liebevoll umfassen,
Es strahln mich Deine Augen an,
Möcht Dich nicht warten lassen.

So war's in der Vergangenheit,
Wie soll ich das vergessen,
Trag allzu schwer an meinem Leid,
Von niemand zu ermessen.

Ich will zu Dir, mein Schatz, und weiß,
Daß ich erst Ruhe finde,
Wenn ich, das ist dafür der Preis,
Dies Leben überwinde.

Im Wahn

Die Trennung, die ich selbst erfuhr,
Kann größer nicht mehr sein;
Ich denk an meine Liebste nur
Im Schmerz tagaus, tagein.

Doch jede große Trennung trägt
In sich des Wahnsinns Keim,
Wer sich ihm hingibt, wer ihn pflegt,
Kann falln dem Wahn anheim.1)

Da hilft mir auch kein guter Rat,
Mich drum davor zu hüten,
Den Keim als unheilvolle Saat
Nachdenklich auszubrüten.2)

Ich ziehe weiter meine Bahn,
Was immer mag geschehen,
Mög enden sie für mich im Wahn,
Wenn wir uns wiedersehen.

1) – 2) Sh. Die neuen Tieck-Bücher, »Trost bei Goethe«, S. 42

Ich danke Dir

Wenn ich Dir in die Augen sah,
Dann sagte mir Dein Blick,
Dein Lächeln, ich bin Dir ganz nah,
Darin lag all mein Glück.

So lebte ich in Dir, mein Schatz,
Dadurch gleichwohl in mir,
Hatt' tief im Herzen einen Platz,
Und dafür dank ich Dir.

Dein liebevoller Blick gab Mut,
Im Leben zu bestehn,
Noch halt ich stand der Trauer Flut,
Werd darin untergehn.

Mein Schatz

Mein Schatz, so hab ich Dich genannt,
Nun seh ich Dich nie mehr,
Denn reicht der Tod uns seine Hand,
Gibt's keine Wiederkehr.

Du warst ein Schatz, ein Schatz für mich,
Gabst mir den Lebensmut,
Was zählt denn heute ohne Dich
Noch all mein Hab und Gut?

Mit Dir konnt ich mich dran erbaun,
Selbst an dem kleinsten Ding,
Jetzt hat, mag ich das Größte schaun,
Wert einen Pfifferling.

Du bleibst mein Schatz, mein lieber Schatz,
Den ich im Herzen trag,
Dort hast Du immer Deinen Platz
Bis hin zum letzten Tag.

Ein wenig Heiterkeit

Freude ist für mich gewesen,
Ein Gedicht Dir vorzulesen;
Immer noch hab ich's im Ohr:
»Lies was Lustiges mir vor!«

Längst ging diese Zeit vorüber,
Für mich wurd es trüb und trüber,
Es gibt keine Heiterkeit,
Da wir nicht mehr sind zu zweit.

Seit ich hier allein geblieben,
Hab ich nur für Dich geschrieben,
Liegt das Ernste mir im Sinn,
Weil ich nur noch traurig bin.

Ich wünscht' mir, Du würdest sagen,
Ein Gedicht mög ich vortragen;
Selbst in Deiner schwersten Zeit
Gab's ein wenig Heiterkeit.

Balsam für die Seele

Wenn ein neuer Tag begann,
Schautest Du mich lächelnd an,
Hast mir damit Kraft gegeben
Für den Kampf im Alltagsleben.

Immer auch ein liebes Wort,
Ohne dies ging ich nicht fort;
Stimmte mich beim Abschied heiter,
War mein guter Wegbegleiter.

Auf dem Rückweg hab erneut
Ich mich schon darauf gefreut,
Dir in Dein Gesicht zu schauen,
Mich am Lächeln zu erbauen.

Das tat meiner Seele gut,
Für sie Balsam, gab mir Mut,
Den ich ohne Dich verloren,
Und die Seele ist erfroren.

Du warst mein Ziel

Du warst mein Ziel auf allen Wegen,
So strebte ich zu Dir zurück,
Mit Freude kam ich Dir entgegen,
Erblickt' ich Dich, empfand ich Glück.

Mit Dir hab ich mein Ziel verloren,
Dies Leben ist kein Leben mehr,
Es hat sich gegen mich verschworen,
Ich irre ziellos nun umher.

Und da erscheinst Du mir schon wieder,
In der Erinnerung ein Bild,
Ich schlage meine Augen nieder,
Aus denen gleich die Träne quillt.

Deiner Stimme Klang

Liebling, Deiner Stimme Klang
Konnte mich beglücken,
Wußtest, frei von jedem Zwang,
Dich schön auszudrücken.

Und Du schriebst auch rein und klar,
Abbild für Dein Wesen,
Deine Schrift ganz wunderbar,
Hab ich gern gelesen.

Dieses und so vieles mehr
Wird es nie mehr geben,
Macht es unerträglich schwer,
Ohne Dich zu leben.

Was soll ich?

Was soll ich hier, was soll ich dort,
Was soll ich irgendwo?
Bist Du nicht da, gibt's keinen Ort,
An dem ich werde froh.

So zieht es mich nach nirgendwo,
Weil alles trostlos ist,
Mir jedenfalls erscheint es so,
Seitdem Du nicht mehr bist.

Dein Auge brach, da wurd ich blind,
Mit Dir starb, was mich hält,
Und weil ich Dich in mir nur find,
Starb auch die äußre Welt.

Sehnsucht nach Dir

Das Fernsehn läuft, ich schau kaum hin,
Schlaf gleich im Sessel ein,
Der Bildlauf macht für mich nur Sinn,
Um abgelenkt zu sein.

Sonst denk ich stets an Dich, mein Schatz,
Du fehlst mir mehr und mehr,
Ich weiß doch, neben mir Dein Platz,
Er bleibt für immer leer.

Im Schlaf, der mich vergessen läßt,
Find ich ein wenig Ruh',
Doch dann im Traum, ich schlaf nicht fest,
Erscheinst schon wieder Du.

Ich wache auf, such Deine Hand,
Doch Du entziehst sie mir,
Verzweifelt starr ich an die Wand,
Sehn mich so sehr nach Dir.

Ein neuer Tag

Ein neuer Tag, ein neues Leiden,
Seit die Liebste mußte scheiden,
Keine Freude, keine Ruh',
Denk ich an sie immerzu.

Man sagt, daß sie das nicht wollte,
Doch was ich einst machen sollte,
Blieb verständlich außer acht,
Haben wir drum nicht bedacht.

Könnte ich für sie auf Erden
Noch mal sinnvoll tätig werden,
Würde ich nicht rasten, ruhn,
Für sie gerne alles tun.

Ziele für den Rest des Lebens
Such ich so jedoch vergebens,
Gilt zu ordnen nur noch das,
Was ich selber hinterlaß.

Kein Leben

Ein Leben nach dem Tod gibt's nicht
Für mich, mein Liebling, nach dem Deinen
Will, da es mir an Mut gebricht,
Die Sonne nicht noch einmal scheinen.

Die Welt, sie wurde dunkel hier,
In der ich einem Schatten gleiche,
Mit den Gedanken nur bei Dir,
Von einem Tag zum andern schleiche.

Verzweiflung, sie begleitet mich,
Bereitet Pein und drückt mich nieder,
Du starbst, und trotzdem such ich Dich,
Weiß doch, ich find Dich niemals wieder.

Dies ist kein Leben vor dem Tod,
Ich geh entgegen gern dem meinen,
Mög er befrein mich aus der Not,
Uns bald in Ewigkeit vereinen.

Hölle auf Erden

Ich starb mit Dir und lebte weiter
In fürchterlicher Seelenpein,
War nun der Teufel mein Begleiter?
Die Hölle kann nicht schlimmer sein.

Vielleicht muß ich schon hier abtragen,
Was mir wurd zugedacht als Schuld,
Dann sollte ich nicht ganz verzagen,
Hat auch der Teufel viel Geduld,

Wird man doch sicher gut mir schreiben,
Was ich auf Erden abgebüßt,
So wird zum Trost für das Verbleiben
Die Fahrt ins Jenseits mir versüßt.

Leben bedeutet Liebe schenken

Mein Schatz, auch künftig wollt im Leben
Ich Dir noch so viel Liebe geben;
Das schrieb ich, hab's Dir vorgelesen,*
So sehr gehofft, Du mögst genesen.

Doch so weit ist es nicht gekommen,
Der Tod hat Dich mir fortgenommen,
Die Liebe, sie wird nie erkalten
Für Dich, kann sich nicht mehr entfalten.

Daran sollt man beizeiten denken,
Leben bedeutet Liebe schenken,
Wenn wir den andern nicht mehr haben,
Ist es zu spät für Liebesgaben.

* Sh. »Ich sterbe«, S. 21

Du lebst in mir

Du lebst in mir in tausend Bildern,
Dadurch kann ich auf Abruf sehn,
Wie sie mir unser Leben schildern,
Im geistgen Auge auferstehn.

Mir scheint vom Anfang bis zum Ende
So kurz die doch recht lange Zeit,
Nahm vom Gefühl her diese Wende
Vorm Hintergrund der Ewigkeit.

Will ich mich im Gespräch austauschen,
Dann schau ich mir Dein Foto an,
Glaub, Du würdst meinen Worten lauschen,
Als ob ich mit Dir reden kann.

So bleibe ich Dir eng verbunden,
Ich sprech mit Dir, Du hörst mir zu,
Gezählt sind nun auch meine Stunden,
Dann folg ich Dir, find endlich Ruh'.

Der alte Mann und das Kind

Der Alte saß auf einer Bank
In einem Park schon stundenlang;
Es schien fast so, als ob er schlief,
Doch über seine Wangen lief

Ein Tränenfluß von Zeit zu Zeit.
Dies sah ein Kind, ihm tat das leid;
Es schaute seine Mutter an
Und fragte: Warum weint der Mann?

Nun, weil sein Schatz gestorben ist,
Die liebe Frau, die er vermißt,
Beschied die Mutter drauf ihr Kind.
Das lief zum Alten hin geschwind.

Es sprach: Du mußt nicht traurig sein,
Dein Schatz ist jetzt ein Engelein
Und wartet nun ganz sicherlich
Im Himmel droben schon auf Dich.

Da lächelte der alte Mann,
Er sprach, nachdem er sich besann:
Du hast ja recht, gibst Hoffnung mir,
Mein liebes Kind, ich danke Dir.

Das gebrochene Herz

Schatz, Du sprachst von Erdenstunden,
Für Dich gibt es keine Zeit,
Doch in Trübsal eingebunden,
Werden sie zur Ewigkeit.

Mit gebrochnem Herzen leben,
Jeder Schritt fällt da so schwer,
Kann nur mühsam mich erheben,
Freude find ich keine mehr.

Mein gebrochnes Herz zu heilen,
Liebste, dafür braucht' ich Dich.
Würd dann liebend gern verweilen,
Du warst alles hier für mich.

Dein kleiner Frosch

Dein kleiner Frosch vermißt Dich auch
Und Deine liebevolle Hand,
Mit der gestreichelt wurd sein Bauch,
Was er höchst angenehm empfand.

Genauso dürft's der Katze gehn
Und Deinem großen Teddybär,
So gern wolln sie Dich wiedersehn,
Du fehlst uns allen gar zu sehr.

Wo Du jetzt bist, das sag' ich nicht,
Sie grüßen Dich noch einmal mehr,
Es reicht doch, wenn ein Herz zerbricht,
Der Frosch, die Katze und der Bär.

Mein Versprechen

Du wolltest mit der »Sea Cloud« reisen
Mit mir, ich hab's versprochen
Und ein Versprechen, möcht's beweisen,
Bisher noch nie gebrochen.

Wie soll ich dies Versprechen halten?
Am Krankenbett gegeben,
Würd unsre Reise gern gestalten,
Doch müßtest Du noch leben.

So bleibt nun ein Versprechen offen,
Werd immer daran denken.
Wär glücklich, könnt' ich darauf hoffen,
Die Reise Dir zu schenken.

Dein Medaillon

Ob ich Dein Medaillon noch hab?
Wie kannst Du danach fragen;
Bleibt mein Begleiter bis ins Grab,
So lang werd ich es tragen.

Das Medaillon, Dein Bild darin,
So lernten wir uns kennen,
Es ging mir niemals aus dem Sinn,
Durft ich mein Eigen nennen.

Wie oft hab ich es angeschaut
Und Kraft daraus gewonnen;
Dein Bild, es ist mir so vertraut,
Die Zeit zu schnell verronnen.

Dein Medaillon, ich halt es fest,
Würd Zeit zurück gern drehen,
Auch wenn es mich jetzt weinen läßt,
Ach, könnt ich Dich doch sehen.

Das ausgerechnet Dir

Ans Bett gefesselt, Liebste, Du,
Dies Bild, kein Tag vergeht,
Das Schicksal schlug so grausam zu,
Mir stets vor Augen steht.

So kam es bei den Freunden an,
Du warst ihr Vorbild hier,
Und nicht nur einmal sagte man:
»Das ausgerechnet Dir.«

Dann spürt' ich, wie die Traurigkeit
Dein tapfres Herz umschloß,
In der Erinnrung frührer Zeit
Doch eine Träne floß.

Fortan nun gab ich darauf acht,
»Das ausgerechnet Dir«,
Bat ich, da es Dich traurig macht,
Sagt es nicht mehr zu ihr.

Heut nun sag ich nach all dem Leid,
Das ausgerechnet Dir,
Du warst in der Vergangenheit
Wahrlich der Anmut Zier.

Ein Phänomen

Mein Schatz, Du warst ein Phänomen,
Wärst ewig jung geblieben,
Und immer so schön anzusehn,
Man mußt' Dich einfach lieben.

So voller Anmut war Dein Gang,
Du liefst, als würdst Du schweben,
Dein edler Wuchs, so rank und schlank,
Dann endete Dein Leben

Im Krankenbett in schwerem Leid,
Ich hört' Dich niemals klagen,
Werd für die mir verbliebne Zeit
Dein Bild im Herzen tragen.

Noch einmal Sonntag

Ein Sonntag, der kein Sonntag ist,
Weil Du, mein Schatz, nicht bei mir bist;
Kein Frühstück im Genuß zu zweit,
Du hieltst es stets für uns bereit.

Der Ausflug, auch verleidet mir,
Ich hatte Spaß dran nur mit Dir;
Wir kehrten im Lokal dann ein,
Auch das ist nichts für mich allein.

Zum Schluß zu Haus Gemütlichkeit,
So schnell verging die schöne Zeit.
Heut, lieber Schatz, wünscht' ich mir sehr,
Daß für uns noch mal Sonntag wär.

Der Mai im Kommen

Im Mai wurd ich geboren,
Du starbst im Monat Mai,
Er hat den Reiz verloren,
Die Wonne ist vorbei.

Ich fürchte nun sein Kommen,
Die Bäume schlugen aus,
Da wurdst Du mir genommen,
Verließt im Sarg das Haus.

Ich werd im Hause bleiben,
Wo ich Dir nahe bin,
Nach fröhlich lautem Treiben
Steht mir nicht mehr der Sinn.

Erfüllt mich nur mit Trauer,
Denk ich an unsre Zeit,
Mich schütteln kalte Schauer,
Spür die Vergänglichkeit.

Dann wär ich froh

Mein Schatz, Du weißt noch, um neun Uhr
Täglich die gleiche Prozedur,
Bevor ich fuhr in mein Büro
Für ein paar Stunden, das lief so:

Gefesselt an das Krankenbett
Sprachst Du, mein Liebster, sei so nett,
Die Zeitschriften, mein Radio,
Das Nagelset, schon schienst Du froh,

Wenn ich Dir alles hab gereicht;
So fiel mir auch der Abschied leicht,
Ich wußte, bis zur Wiederkehr
Wird Dir die Zeit nicht allzu schwer.

Jetzt denk ich morgens um neun Uhr,
Mein Schatz, sag diese Worte nur:
Die Zeitschriften, mein Radio,
Das Nagelset, dann wär ich froh.

Der Weg war das Ziel

Der Weg ist das Ziel,
Der Ausspruch gefiel,
Solang Du warst hier,
Den Weg gingst mit mir.

Er wurde für mich
Zum Leben durch Dich;
So stellte sich ein
Die Freude am Sein.

Und liegt nicht darin
Gerade der Sinn,
Damit der Beleg,
Das Ziel war der Weg.

Der Weg ohne Dich
Hat kein Ziel für mich;
Es stellt sich erst ein
Als Ende vom Sein.

Mein Sonnenschein

Mein Liebling, wenn Du warst zugegen,
Dann spürt' ich Sonnenschein im Regen;
Wenn heute hier die Sonne scheint,
Denk ich so oft, der Himmel weint.

Der Rat für mich, ich soll verreisen,
Mir warme Länder anzupreisen,
Hilft mir auch nicht, weil ich dort frier,
Solange Du bist nicht bei mir.

Ganz gleich, ob Sonne oder Regen,
Es ändert nichts auf meinen Wegen,
Was immer fällt dazu auch ein,
Du warst nun mal mein Sonnenschein.

Advent

Advent, Advent,
Kein Lichtlein brennt,
Nicht eins, nicht zwei, nicht drei, nicht vier,
Denn Du, mein Schatz, bist nicht mehr hier.

Advent, Advent,
Kein Lichtlein brennt,
Denn jedes Licht erinnert mich,
Wenn's brennt, die ganze Zeit an Dich.

Du zündetest die Lichter an,
Ein schöner Nachmittag begann,
Erst eins, dann zwei, dann drei, dann vier,
Ich freute mich dabei mit Dir.

Für uns war dieses Ritual
Was ganz Besondres jedes Mal;
Nun ist das letzte Licht verglimmt,
So daß Advent mich traurig stimmt.

Dein Geburtstag

Noch vor einem Jahr war heute
Dein Geburtstag, der erfreute
Auch die Gäste, groß die Zahl,
Doch es war das letzte Mal.

Wie gern würd ich im Gedenken
Hundert rote Rosen schenken,
Und ganz gleich, was Dein Begehr,
Brächte ich es für Dich her.

Wie sehr würd es mich beglücken,
Liebste, Dich ans Herz zu drücken;
Auch dies gibt es nun nicht mehr,
Macht den Tag mir allzu schwer.

So werd ich heut im Gedenken
Dir nur hundert Tränen schenken,
Flüstre, hörbar nur für mich,
Tief bewegt, ich liebe Dich!

Könnt ich zu Dir

Liebling, bei allem, was ich tu,
Stellt sich die Frage mir, wozu?
Wohl nur, um damit abzulenken
Vom qualvoll grüblerischen Denken

An Dich, an die Vergangenheit,
An die verflossne schöne Zeit,
Die meine Sinne hält gefangen,
Ist wie ein Traum so schnell vergangen.

Ich hetz mich durch des Tages Lauf,
Um Schlaf zu finden, wach ich auf,
Dreht wie im Karussell sich weiter
Die Welt, nur freudlos, nicht mehr heiter.

Mein Liebling, könnt ich doch zu Dir,
Für mich wird es zu einsam hier;
Ich möcht Dich in die Arme schließen,
Nur Freudentränen noch vergießen.

Sie sprechen Bände

Wenn ich durch unsre Wohnung geh,
Die vielen schönen Dinge seh,
Die wir im Lauf der Zeit erworben,
Was zähln sie noch, seit Du gestorben?

Sie gaben mir Behaglichkeit,
Ein Heim, solang wir warn zu zweit;
Mit Dir konnt ich mich dran erbauen,
Es freute uns, sie anzuschauen.

Auch das Gemälde an der Wand
Ist jetzt nur noch ein Gegenstand,
Drauf ausgerichtet, um mein Denken
In die Vergangenheit zu lenken.

Du hast es auf dem Markt entdeckt,
Begehrlichkeit in mir geweckt,
Warst dann so heiter und zufrieden,
Als ich mich für den Kauf entschieden.

Grad so, als ob das heute wär,
Seh ich es, und mein Herz wird schwer,
Um mich herum die Gegenstände
Erzähln von Dir, sie sprechen Bände.

Ein kurzer Traum

Hier bin ich einst gefahren,
Mein liebster Schatz, mit Dir,
In den vergangnen Jahren,
Du bist so nahe mir,

Als könnt ich Dich berühren,
Schau Dir in Dein Gesicht,
Die Traumgespenster führen
Mich wieder hinter's Licht.

Denn schnell bist Du entschwunden,
Ein schöner kurzer Traum,
Kaum hab ich Dich gefunden,
Zerplatzt er schon wie Schaum.

So setz ich fort die Fahrten
Im Schlußakt unsrer Welt,
Bis, lang möcht ich nicht warten,
Der letzte Vorhang fällt.

Ich hab Dich sterben sehn

Das Leben ist ein Kommen,
Ein Kommen und Vergehn,
Du wurdest mir genommen,
Ich hab Dich sterben sehn.

Dies Bild macht mich so traurig,
Will aus dem Kopf nicht gehn,
Es überkommt mich schaurig,
Ich hab Dich sterben sehn.

Möcht Dir ein Denkmal geben,
Das sollte man verstehn,
Du warst doch auch mein Leben,
Ich hab Dich sterben sehn.

Trost im Leid

Vor mehr als vierzig Jahren
Schrieb ich Dir ein Gedicht
Vom Abschied, mußt' erfahren,*
Wie's Herz daran zerbricht.

Doch Hoffnung wurd Gewißheit,
Daß Liebe nicht vergeht,
Die unsere für alle Zeit
Unlösbar fortbesteht.

Was in der Zeit nicht endet,
Erreicht Unsterblichkeit,
Und der Gedanke spendet
Ein wenig Trost im Leid.

* Sh. »Wehmut«, S. 14

Liebe auf ewig

Liebste, ich halt in der Hand
Ein Geschenk von Dir;
Mit Gedichten einen Band,
Damals schriebst Du mir.

Ich wünsch - lange ist es her - ,
Daß wie ein Gedicht
Alles unvergänglich wär;
War dies auch meine Sicht?

Wenn alles unsre Liebe ist,
Schrieb ich deshalb dazu,
Und Du mit mir im Einklang bist,
Wünsch ich genau wie Du.

Sonst gäb es nichts, was bliebe,
Ich würde gern vergehn,
Weiß heut, daß unsre Liebe
Auf ewig bleibt bestehn.

Der wahre Spiegel

In Deinen Augen sah ich mich,
Es sprach daraus Dein Herz,
Das, was uns einte ewiglich
In Freude und im Schmerz.

Ich sah mich jugendlich gereift
Als Mann, der Dich begehrt,
Der mutig nach den Sternen greift
Und höchstes Glück erfährt.

Ich sah mich in der schwersten Zeit,
Verbunden fest mit Dir,
Als Du gezeichnet von dem Leid
Warst wie ein Teil von mir.

Wenn ich in einen Spiegel schau,
Erscheint der mir heut blind,
Weil Augen der geliebten Frau
Der wahre Spiegel sind.

Des Daseins Licht

Du bist in mir, solang ich bin,
Bleibst meines Daseins Licht,
Verleihst ihm dadurch einen Sinn,
Denn so vergehst Du nicht.

An jedem Tag denk ich an Dich,
Auch nachts, wenn ich wach auf,
Und Du, mein Schatz, begleitest mich
Dann durch des Tages Lauf.

Begeb ich mich zur letzten Ruh',
Wirst Du auch bei mir sein,
Ich seh Dich, falln die Augen zu,
Schlaf ich für immer ein.

Nie mehr

Ich komm nach Haus und weine,
Um meine liebe Kleine,
Die liebe kleine Maus,
Sie kommt nie mehr nach Haus.

Sie kann nicht zu mir kommen,
Der Tod hat sie genommen,
Und der gibt nimmermehr,
Was er nahm, wieder her.

Ihn rühren keine Tränen,
Nicht Leid noch tiefes Sehnen,
Das alles läßt ihn kalt,
Sein Trost: Ich hol dich bald.

Das bringt für dich die Wende,
Dein Leiden hat ein Ende,
Denn der Gevatter Hein
Gibt nicht, er sammelt ein.

Könntest Du mich sehn

Liebling, könntest Du mich sehen,
Hab ich oft mir überlegt,
Wie würd's Dir dann wohl ergehen,
Hätte sicher Dich erregt,

Daß ich immer an Dich denke,
Jede Stunde, Tag und Nacht,
Dir so viele Tränen schenke,
Nichts mir noch mal Freude macht.

Würdst von Herzen gern erkennen
Unsere Verbundenheit
Einer Liebe, nicht zu trennen
Durch Entfernung und die Zeit.

Doch Du würdst auch mit mir weinen,
Meine Traurigkeit verstehn,
Dich im Schmerz mit mir vereinen,
Gut, daß Du mich nicht kannst sehn.

Das tränende Herz

Du freutest Dich drauf,
Wie zauberhaft schön,
Im Jahresverlauf
Es wiederzusehn.

Ich hab es gehegt
Im Garten für Dich,
Zu Grab Dich gelegt,
Worauf es verblich.

Jetzt trag ich's in mir,
Tief traurig im Schmerz,
Sehnt sich so nach Dir,
Das tränende Herz.

Nur mit Grauen

Seit Du fort bist, kann mit Grauen
Ich nur in die Zukunft schauen,
Hält für meines Lebens Rest
Das Vergangene mich fest.

Das bist Du, Du warst mein Leben,
Hast mir Mut und Kraft gegeben,
Warst mein Ziel, warst mein Begehr,
Was mir blieb, ist trostlos, leer.

Tief in Trübsal eingebunden,
Friste ich die letzten Stunden,
Schlepp am Abgrund mich entlang
Bis zu meinem Untergang.

Warten im Himmel

Würdest Du im Himmel warten
Auf mich, Liebling, das wär schön,
Sofort wollt' ich von hier starten,
Möcht Dich so gern wiedersehn.

Dich in meine Arme schließen,
Losgelöst von Zeit und Raum,
Dort, wo keine Tränen fließen,
Leben meinen schönsten Traum

Einer Liebe, die nicht schwindet,
Aus der Herzen Einklang lebt,
Die uns ewiglich verbindet
Und in unsrem Sein erhebt.

Noch einmal

Noch einmal dies, noch einmal das,
Wünscht sich das Herz ohn Unterlaß.
Doch was es hat verloren,
Wird niemals neu geboren.

Brächt auch ein gütiges Geschick
Noch einmal dies und das zurück,
Das Herz, es würd beim Scheiden
Ganz sicher noch mehr leiden.

Wohl dem, der jeden Tag bedenkt,
Was ihm der Augenblick geschenkt,
Fernab von jener Klage,
Die alles stellt in Frage.

Nur noch mit Dir

Betrübliche Stunden,
Gedankenumwunden
Sehn ich mich nach Dir,
So sehr fehlst Du mir.

Ich möcht Dich umfassen,
Möcht Dich spüren lassen,
Wie nah ich Dir bin,
Hab Dich nur im Sinn.

Ich möcht Dich erreichen,
Von Dir nicht mehr weichen,
Nur noch mit Dir sein,
Mit Dir ganz allein.

Zwischen allen Welten

Liebling, aus dem Tal der Tränen
Komm ich einfach nicht heraus,
Jeden Tag das gleiche Sehnen,
Fehlst mir so sehr, kleine Maus.

Fühle mich in jeder Stunde,
Seit Du fort bist, nah bei Dir,
Und so bin ich doch im Grunde
Eigentlich schon nicht mehr hier.

Kann im Sein mich kaum noch orten,
Finde darin keinen Sinn,
So daß ich, mit andern Worten,
Zwischen allen Welten bin.

Keine Freude

Diesen Weg sind wir gegangen,
Lieber Schatz, wohl tausendmal,
Frohgelaunt, die Vögel sangen,
Jetzt wird jeder Schritt zur Qual.

Mögen auch die Vögel singen,
Die Gedanken sind bei Dir,
Was soll mir noch Freude bringen,
Gehst Du nicht mehr neben mir.

Ich such Dich auf allen Wegen,
So als glaubte ich daran,
Daß Du kämest mir entgegen
Und ich Dich umarmen kann.

Ein wenig Glück

Mir ist, als wär es heut,
Ich fuhr zu Dir ins Krankenhaus,
Du schautest aus dem Fenster raus
Und hast Dich so gefreut,

Weil Du mich sahst, es war,
Wie schön, was doch Dein Lächeln kann,
Als strahlte mich die Sonne an,
Für mich ganz wunderbar.

Jetzt weiß ich, das war Glück,
Ein wenig in der schwersten Zeit,
Endgültig nun Vergangenheit,
Kommt niemals mehr zurück.

Ich geb Dich niemals her

Mein lieber Schatz, ich denk daran,
Wie ich Dich hab gepflegt,
Und was ich nicht vergessen kann,
Du sprachst einmal erregt:

»Wird es zu viel für Dich, dann muß
Ins Heim ich, weg von hier.«
Darauf gab ich Dir einen Kuß,
Sprach tief bewegt zu Dir:

»Ganz gleich, was kommt, mein lieber Schatz,
Wird es auch noch so schwer,
Bei mir, da hast Du Deinen Platz,
Ich geb Dich niemals her.«

Dann kam der Tod, es gilt mein Wort,
Ich sag es einmal mehr,
Du lebst in meinem Herzen fort,
Ich geb Dich niemals her.

Hab ich genug getan?

Mein Schatz, es tut noch heut so weh,
Das Bild, wenn ich Dich leiden seh;
Glaub mir nur, daß kein Tag vergeht,
Wo es mir nicht vor Augen steht.

Ganz gleich, wo ich gerade bin,
Kommt es mir plötzlich in den Sinn,
Dann hält nichts mehr der Tränen Lauf
Als Zeichen meines Kummers auf.

Dabei bedrängt die Frage mich,
Hab ich genug getan für Dich?
Dem Herzen fällt bestimmt was ein,
Genug kann es ihm niemals sein.

Allein

Allein ist der Mensch, einsam, allein,
Fühlte ich schon, da war ich ganz klein,
Als mich die Mutter so früh verließ,
Sie sei im Himmel, wie es später hieß.

Blieb mir der Vater, war krank und alt,
Sagte mir oft: Ich sterbe nun bald.
Zehn war ich damals, er hat's gut gemeint,
Wollt mich vorbereiten, nachts hab ich geweint.

Fünf Jahre darauf dann war es soweit,
Auch er starb elend in qualvollem Leid.
Die Zeit verging, die Welt wurde leer
Von Menschen, die lieb mir, es gibt sie nicht mehr.

Und nun, Geliebte, folgtest auch Du
Den anderen nach zur ewigen Ruh';
Nie fühlt ich mich so einsam, allein,
Mag ohne Dich auf Erden nicht sein.

Meine Illusion

Ich schau zur Tür und stell mir vor,
Die Liebste käm herein,
Hab ihre Stimme noch im Ohr,
Es würd wie früher sein.

»Hallo, mein Schatz, ich bin zurück,
Bist Du schon lange hier?
Nur einen kleinen Augenblick,
Dann komme ich zu Dir.«

Das sagte sie, zu bleibt die Tür,
In meiner Illusion
Kam sie herein, ist sie bei mir,
Umarme ich sie schon.

Lebensmüde

Müde bin ich, lieber Schatz,
Schaue auf den leeren Platz;
Seit Du mich verlassen hast,
Drückt so schwer des Lebens Last.

Müde bin ich, keine Ruh',
Mein Gedanke, das bist Du,
Alle Tage, jede Nacht,
Die ich ohne Dich verbracht.

Müde bin ich, schlaf nicht ein,
Könnte ich doch bei Dir sein,
Fiel'n mir dann die Augen zu,
Fänd' ich endlich meine Ruh'.

Mit dem Schatten

Die Sonne im Rücken
Folg ich meinem Schatten;
Gedanken bedrücken,
Es bleibt, wie wir's hatten.

Ganz gleich, wo ich gehe,
Wünsch ich, fühl nur Leere,
Mir fehlt Deine Nähe,,
Daß ich bei Dir wäre.

Ich dreh meine Runde,
Vom Schatten begleitet,
Der mit mir im Bunde
Jetzt neben mir schreitet;

Der Sonne entgegen,
Hab ich ihn im Rücken,
Auf all meinen Wegen
Würdst Du mich beglücken.

»Halt an!«

Hier bin ich oft gefahren
In den vergangnen Jahren,
Hör nun den stummen Schrei:
»Halt an, fahr nicht vorbei!«

Das Herz erinnert sich,
Du wartetest auf mich;
So gern bin ich gekommen,
Schatz, hab Dich mitgenommen;

Nach Haus, kein leeres Wort,
Für uns ein schöner Ort,
Solang wir warn zu zweit,
Ich denk an diese Zeit,

Möcht halten, mit Dir fahren,
Wie in den vielen Jahren;
Das Herz, es wird nicht kalt,
Will zu Dir und ruft: »Halt!«

Hand in Hand

Hand in Hand kommt mir ein Paar
Auf unsrem Weg entgegen;
Wie gern würd ich meine Hand
Jetzt in Deine legen.

So wie früher, lieber Schatz,
Diesen Weg hier gehen,
Und die Welt, in Dich verliebt,
Nicht mehr dunkel sehen.

Hand in Hand mit Dir vereint
Stand ich fest im Leben,
Das nun ist Vergangenheit,
Wird's nie wieder geben.

Trostsuche

Hier sitze ich beim Glase Wein,
Schau auf den leeren Platz;
Wünsch mir, Du würdest bei mir sein,
Fehlst mir so sehr, mein Schatz.

Spürt' ich doch stets in Deiner Näh'
Ein schönes Wohlgefühl,
Nun scheint, da ich Dich nicht mehr seh,
Die Welt mir grau und kühl.

Ich heb mein Glas, Dein Bild vor mir,
Und sag: Mein Liebling, prost!
Der Tod, er nahm das Leid von Dir,
Darin such ich jetzt Trost.

Denk dran!

Denk dran, sie muß nicht mehr leiden,
Das ist es, was zählt,
Daß die Liebste, sie mußt scheiden,
Sich nicht länger quält.

Denk dran, wenn Dein tiefes Sehnen
Dir das Herz beschwert,
Wenn, begleitet von den Tränen,
Trauer Dich verzehrt.

Denk dran, ihr wart euch verbunden
Innig bis zuletzt,
Sie hat ihre Ruh' gefunden,
Nur noch das zählt jetzt.

Besser so

Wäre ich zuerst gegangen,
Wärst Du jetzt allein,
So wie ich im Schmerz gefangen,
Trügst des Daseins Pein.

Für mich gar nicht auszudenken,
Leidend Dich zu sehn,
Könnt nicht trösten, Liebe schenken,
Dir zur Seite stehn.

So ist's besser für uns beide,
Daß Du gingst voran,
Du erlöst bist und ich leide,
Dir bald folgen kann.

Verlaß mich nicht!

Das Herz, es rief, verlaß mich nicht,
Halt die Geliebte fest!
Da war der Tod bereits in Sicht,
Der sich nichts nehmen läßt.

Nun meldete sich der Verstand,
Rief, Du mußt auf mich hörn,
Der Tod, er reicht ihr gleich die Hand,
Du darfst sie jetzt nicht störn!

Ich hab auf den Verstand gehört,
Sie schlief ganz ruhig ein,
Das Herz ist immer noch verstört,
Möcht so gern bei ihr sein.

Alles vorbei

In zweitausendsechs am zwölften Mai,
Geliebter Schatz, war alles vorbei;
Du wurdest erlöst von qualvollem Leid,
Zu Ende auch unser Leben zu zweit.

Vorbei die Hoffnung, sie starb mit Dir,
Deine und meine, allein blieb ich hier;
Vorbei, was meinem Leben gab Sinn,
Die Liebe, die unsre, daß ich für Dich bin.

Vorbei für immer, für immer vorbei.
Was blieb? Im Herzen ein stummer Schrei,
Und der Gedanke gewinnt jetzt an Raum,
Das ganze Leben es war nur ein Traum.

Kein Schleier mehr

Mit Dir, auch nach dem Tod verbunden,
Ging, was ich war, verloren;
Hab nicht zu mir zurück gefunden,
Wurd noch einmal geboren

In einer Welt der Tränen, Leiden,
Die sich als solche offenbart;
Vor der mich bis zu meinem Scheiden
Kein Schleier gnädig mehr bewahrt.*

In der ich meinen Teil werd tragen,
Mitleidend, nur auf mich gestellt,
Für mich schloß sich der Kreis der Fragen
Als Sehender in dieser Welt.

* Sh. A. Schopenhauer: »Der Schleier der Maja«

Schöner mit den Jahren

»Schöner wird sie mit den Jahren.«[1]
Ja, so ist es, stimmt genau,
Habe selber ich erfahren,
Nämlich die geliebte Frau.

Kann der Liebende nur sehen,[2]
Durch den Liebesbund vereint,
Wie sie wortlos sich verstehen,
Sie als Lichtblick ihm erscheint.

Zwei in eins zur Einheit werden,
Geben sich einander hin,
Krönen Schöpfung so auf Erden
Mit dem allerschönsten Sinn.

[1] und [2] Sören Kierkegaard

In der Einsamkeit

Der Einsamkeit entrinnen,
Hinein ins Weltgebraus,
Was könnt ich dort gewinnen,
Mich zieht es nicht hinaus.

Ich müßte mich verstellen,
Würd nicht ich selbst mehr sein,
Zur Einfalt mich gesellen
Und machte mich gemein.

Drum werd allein ich bleiben,
Gedanklich, Schatz, bei Dir,
Fernab vom lauten Treiben
Bist Du ganz nahe mir.

Bis daß der Tod ...

Bis daß der Tod euch scheide,
Was heißt das für uns beide?
Doch nicht, daß er uns trennen kann,
Ich trag im Herzen Dich fortan,

Und dort bist Du zugegen
Auf allen meinen Wegen;
So bleib ich Dir auch weiter treu,
Fühl unsre Liebe täglich neu,

Bis, möge er nur kommen,
Er hat Dich mitgenommen,
Der Tod entführt mich in sein Reich,
Bin heut schon einem Schatten gleich.

Traurigkeit

Man fragt mich, was es bedeute,
Daß ich so traurig bin;
Was mich einstmals erfreute,
Ging mit der Liebsten dahin.

Ihr Lächeln, wie der Sonnenschein,
Gibt es für mich nicht mehr;
Ihr Blick, unser Zusammensein,
All das fehlt mir so sehr.

Dazu auch ihrer Stimme Klang,
Ein liebes Wort von ihr;
Die Traurigkeit, sie bleibt so lang,
Wie ich verweile hier.

Die Liebe bleibt

Grau wurd das Haar, und mein Gesicht
Erkenn ich kaum noch wieder;
Gebückt der Rücken, das Gewicht
Der Lebenslast drückt nieder.

So wandle täglich ich einher,
Der Liebsten im Gedenken,
Empfinde keine Freude mehr,
Die sie nur könnt mir schenken.

Doch hier auf Erden meine Zeit,
Sie wird schon bald vergehen,
Die Liebe bleibt auf Ewigkeit
Für uns, Liebste, bestehen.

Du fehlst mir

Die Welt wurde leer,
So leer ohne Dich,
Das Leben so schwer,
Allzu schwer für mich.

Du fehlst mir so sehr,
Ich wär gern bei Dir,
Doch das geht nicht mehr,
Drum bin ich noch hier.

Der Tod holte Dich,
Du ruhst ewiglich,
Mög holen er mich,
Dann ruhe auch ich.

Dein Kreuz

Auch Du mußtest wie Christus leiden,
Dein Kreuz: Im Krankenbett die Qual,
Und die Gesichter von euch beiden
Seh ich nun ein ums andre Mal

Vereint in Deinem Bild erscheinen,
Das hell erleuchtet vor mir steht.
Die Tränen kommen, ich muß weinen,
Weil es so tief zu Herzen geht.

Gezeichnet von den schweren Leiden
Bewahrtest tapfer Du die Ruh'.
Viel Zeit blieb nicht mehr bis zum Scheiden,
Du wußtest es, doch lächelst Du.

Hier will ich meine Andacht halten,
Vor Deinem Bild Dir nahe sein,
Nun täglich meine Hände falten,
Bis ich schlaf auch für immer ein.

Mein letzter Wille

Getan hab ich das Meine
Und wurde dabei alt;
Der Tod tu nun das Seine,
Mög er mich holen bald.

Den Freund hab ich vor Jahren
Bereits in ihm gesehn;*
Es reicht, was ich erfahren,
Werd gerne mit ihm gehn.

Bin darauf vorbereitet,
Bedarf der Menschen nicht,
Weil in der Ruh' sich weitet
Für's Kommende die Sicht.

Mir sei vergönnt die Stille,
Laßt mich getrost allein,
Es ist mein letzter Wille,
Der Liebsten nah zu sein.

* Sh. »Daß Liebe unser Leben durchdringt ...«, Seite 45, »Der Tod als Freund«

Sie würd lächeln

Heut hielt ich den zweiten Band
»Nur noch für Dich« in meiner Hand;
Schaute auf ein Exemplar,
Das nun endlich fertig war.

Vorn das Bild, auf hellem Blau,
Die Geliebte, meine Frau;
Wäre ihr doch nur vergönnt,
Daß sie's einmal sehen könnt.

Sie würd lächeln, tät das gut,
Gäbe Trost mir, etwas Mut,
Doch nur eine Träne fand
Hin den Weg zum zweiten Band.

Heimwärts

Es geht heimwärts; vom Gefühl her
Komme ich Dir immer näher,
So wie früher, ich fahr schneller,
Dann erreich ich Dich noch eher.

Schön wär's, bin ich denn bei Sinnen?
Ich will's einfach nicht verstehen,
Kann die Zeit zurück nicht drehen
Und Dich nicht zurück gewinnen.

Wann begreif ich, Zeit ging weiter,
Daß ich Dich im Herzen trage,
Bist dort immer mein Begleiter
Bis ans Ende meiner Tage.

Um diese Zeit

Mein lieber Schatz, um diese Zeit
Rief ich Dich an im Tageslauf,
Du hieltest Dich dann schon bereit,
Und beide freuten wir uns auf

Den nun gleich folgenden Empfang
Des anderen am Telefon,
Zu hören seiner Stimme Klang,
Den uns so sehr vertrauten Ton.

Da greife ich zum Apparat,
Frag mich sogleich, was mach ich bloß,
Möchte Dich hörn, weiß in der Tat,
Das ist doch völlig aussichtslos.

Selbstfindung

Zeitlebens sucht' ich mich in Dir,
Nun führt mich Einsamkeit zu mir,
Doch ohne Dich ist das kein Leben,
Du hast ihm seinen Sinn gegeben.

So fühle ich mich ohne Dich
Verloren im verbliebnen Ich,
Find' mich nur wieder in Gedanken,
Die sich um unser Leben ranken.

Nie wieder froh

Den geliebten Menschen sehen
Auf dem Leidensweg zum Tod;
Hilft kein Hoffen und kein Flehen
Ihm in seiner schwersten Not,

Geht in Dir etwas zugrunde,
Stirbt zugleich ein Teil von Dir
Mit in seiner Todesstunde,
Einsam wird es für Dich hier.

In Gedanken sein Begleiter,
In dem Herzen ebenso,
Lebst Du bis zum Ende weiter,
Traurig, wirst nie wieder froh.

Das Wiedersehn

Verbleibt nur noch ein Lebensrest,
Nachdem Dein Liebstes Dich verläßt,
Zum Jenseits, ohne Wiederkehr,
Erscheint die Welt Dir trostlos, leer.

Der Lebensrhythmus wurd zerstört,
Man weiß nicht, wo man hingehört,
Fängt einen in des Tages Lauf
Kein liebevolles Lächeln auf.

Es bleibt Dir die Erinnrung nur,
Bist ihr beständig auf der Spur,
Träumst, mög' ein Wunder doch geschehn,
Vom allerschönsten Wiedersehn.

Dein Abschiedswort

Dein Abschiedswort: »Auf Wiedersehn«,
Mein Schatz, wie sollt' ich das verstehn?
Du glaubtest vielleicht fest daran,
Daß ich Dich wiedersehen kann.

In diesem Glauben schliefst Du ein,
Er wird Dir Trost gewesen sein;
Du wußtest, für ein Wiedersehn
Würd ich durch jede Hölle gehn.

So stehe ich nun allezeit
Für unser Wiedersehn bereit,
Und gibt es einen Weg zu Dir,
Ich find ihn, Liebste, glaube mir.

Mein Wunsch kam an

Dein Geburtstag, schon der zweite,
Ohne Dich an meiner Seite,
Doch ich gratuliere Dir,
Bist im Herzen eins mit mir;

So wird es an allen Tagen,
Die da kommen, für uns schlagen;
Sieht für sein Bemühn darin
Den ihm noch verbliebnen Sinn.

Ich spür, wenn ich gratulier,
Regt sich gleich das Herz in mir;
Woraus ich wohl schließen kann,
Daß mein Wunsch kam bei Dir an.

Ein Sonnenschein

Am fünften, zwölften, welch ein Glück,
Erblicktest Du das Licht der Welt,
Hast sie fortan, denk ich zurück,
Durch Deine Gegenwart erhellt.

Am zwölften, fünften, umgekehrt,
Das Licht erlosch, Du bist nicht mehr,
Ein weiteres Glück wurd uns verwehrt,
Dein Platz bleibt nun für immer leer.

Doch Du wirst nie vergessen sein,
Von keinem, der Dich hat gekannt,
Für uns warst Du ein Sonnenschein,
Tief in die Herzen eingebrannt.

Nur ein Vorwand?

Mein lieber Schatz, an jedem Tag
Sehn ich mich nach dem Ende,
Daß ich nach all der Müh' und Plag'
Nun endlich Ruhe fände.

Doch schon sagt eine Stimme mir,
Vergiß nicht Deine Pflichten;
Bevor Du Abschied nimmst von hier,
Mußt Du noch manches richten.

Ob das wohl nur ein Vorwand ist,
Der Furcht, mich hier zu halten?
Es findet sich, solang du bist,
Stets etwas zum Gestalten.

Ausweg durch Erblinden

Wenn die Augen bald erblinden,
Werde ich den Ausweg finden,
Fort von Trübsal und der Pein,
Hier im erdgebundnen Sein.

So wie's Schicksal mischt die Karten,
Muß ich wohl nicht lang mehr warten;
Jederzeit könnt es geschehn,
Gab man mir klar zu verstehn,

Daß der Augen Sehkraft schwindet,
Bis ich plötzlich ganz erblindet;
Damit aber heißt es nun,
Was ich noch will, schnell zu tun.

Die Entwicklung wird mein Denken
Auch in neue Bahnen lenken,
Mit der Aussicht, daß ich dann
Der Geliebten folgen kann.

Ein tröstliches Empfinden

Mein Schatz, die Aussicht zu erblinden,
Erweckt ein tröstliches Empfinden;
Des Schicksals Lauf trifft nicht mehr hart,
Dir blieb die Angst um mich erspart.

So durfte ich bis zum Vergehen
Im Leid noch Deine Schönheit sehen;
Dein Lächeln bleibt mir allezeit
Ein Licht in tiefster Dunkelheit.

Ich konnte Dich, für uns ein Segen,
Behüten, unbehindert pflegen,
Dir liebevoller Beistand sein,
Bis Du schliefst ruhig für immer ein.

Das gibt es nicht mehr

Ein heitres Erwachen,
Ein fröhliches Lachen,
Wie lang ist es her?
Das gibt es nicht mehr.

Vergnügliche Stunden,
Dem Frohsinn verbunden,
Schon lang ist es her,
Das gibt es nicht mehr.

Seit Du mußtest leiden,
Und nach Deinem Scheiden
War all das vorbei,
Vorbei für uns zwei.

Auf Deiner Spur

Auf Deinen Spuren wandle ich,
Mein lieber Schatz, und denk an Dich;
Wo Du den Fuß hast aufgesetzt,
Geh ich, fühl mich so nah Dir jetzt,

Als ginge ich hier in Dir mit,
Wär eins mit Dir bei jedem Schritt;
Obwohl so eng mit Dir vereint,
Geliebter Schatz, mein Herz es weint.

Du fehlst, es möcht Dein Lächeln sehn,
Daß Arm in Arm wir beide gehn,
Es weiß, verlaß ich Deine Spur,
Bleibt für uns wieder Leere nur.

Was nun mein Schatz?

Mein lieber Schatz, und nun,
Sag mir, was soll ich tun?
Ich weiß nicht wie es weitergeht,
Denk nur an Dich von früh bis spät.

An jedem Tag das gleiche Leid,
Es wird nicht besser mit der Zeit,
Du fehlst mir immer mehr,
Doch wenn es anders wär,

Hieß dies nicht, daß ich irgendwann
Dich vielleicht ganz vergessen kann,
Was Du mir hinterlassen hast,
Dein Bild, dann nach und nach verblaßt?

Mein lieber Schatz, was tun?
Ich möchte mit Dir ruhn,
Von Ewigkeit zu Ewigkeit,
Wünsch mir, es wär schon bald soweit.

Ich liebe Dich

Seit Du nicht mehr bist,
Mag ich nicht mehr sein;
Hab Dich so vermißt,
Tagaus und tagein.

Wünsch mir so sehr,
Dich wiederzusehn,
Mein einzig Begehr,
Dann möcht ich vergehn,

Dir sagen: »Mein Schatz,
Ich liebe Dich«,
Und dieser Satz
Er gilt ewiglich.

Dann lieber leiden

Die Zeit heilt alle Wunden,
Hab ich das auch empfunden?
Nein, meines Herzens Leid
Verging nicht mit der Zeit.

Ich wünsche mir zuweilen,
Sie mög die Wunde heilen,
Doch nicht wenn ich fortan
Dir nicht mehr nah sein kann.

Dann will ich lieber leiden,
Bis hin zu meinem Scheiden,
Dem Ende meiner Erdenzeit,
Vereint mit Dir in Ewigkeit.

Die kleinen Hände

Deine schönen Hände, sprachst Du,
Meintest damit meine;
Wir begaben uns zur Ruh',
Ich legt' sie in Deine.

Wie sehr sehn ich mich danach,
Nach den kleinen Händen,
Daß die meinen, ich lieg wach,
Sie noch einmal fänden.

Auch die meinen welken nun,
Greifen in die Leere,
Ich wünsch mir, mit Dir zu ruhn,
Daß ich bei Dir wäre.

Kein Grabstein

Carolina, einen Grabstein
Hast Du nicht gewollt;
Wolltest auch in keinem Grab sein,
Das man pflegen sollt.

Niemand wolltest Du verpflichten,
Zu dem Grab zu gehn,
Um es für Dich herzurichten,
Nach dem Grab zu sehn.

Dafür steht in unsrem Haus jetzt
Für Dich ein Altar,
Der ein Grabmal nun ersetzt,
Schaut aus wunderbar.

Mit dem schönen Bild von Dir,
Büchern, nur für Dich,
Kerzen, Blumen, reich zur Zier,
Dort halt Andacht ich.

Wünsch mir, daß nur ein Gedicht,
Das ich für Dich schrieb,
Wenn ein Grabstein schon zerbricht,
Noch erhalten blieb.

Ich bin Dein Grab

Du brauchst kein Grab, mein lieber Schatz,
Hast tief im Herzen Deinen Platz;
Bleibst für den Rest der Erdenstunden
Mit mir aufs engste dort verbunden.

Bist nicht allein in einem Grab,
Weil ich Dich immer bei mir hab,
Im Herzen; an der Todesschwelle,
Tritt dann mein Traum an seine Stelle.

Der ewige Brunnen

Der ewige Brunnen, so wurd er genannt,
Gefüllt mit Gedichten, ein herrlicher Band;
Er fließt durch die Zeiten, er wird niemals leer,
Du schenktest ihn mir, nun bist Du nicht mehr

Auf Erden, Geliebte, und doch bist Du hier,
In meinem Herzen, ganz nahe bei mir;
Solang es den ewigen Brunnen noch gibt,
Für mich, bin ich weiter in Dich verliebt;

Bemüht, in den Brunnen, das läßt mich nicht ruhn,
Für Dich einen Tropfen hineinzutun,
Der an Dich erinnert, auch nach meiner Zeit,
In diesem Brunnen der Ewigkeit.

Mein Geschick

Du warst meine Freude, warst mein Geschick,
An jedem Tag der Augenblick,
Der Licht gab, meine Seele berührt',
Kraft, die zum nächsten Tag mich geführt.

Seit Du nicht mehr bist, wart ich jeden Tag
Darauf, daß er mich zu Dir führen mag,
Aufs Licht, das meine Seele erhellt,
Den Abschied von dieser leidvollen Welt.

Kein Frühling mehr

Seit Du von mir gegangen,
Gibt's keinen Frühling mehr;
Es regt sich kein Verlangen,
Die Welt bleibt trüb und leer.

Im Winter eingebunden,
In Kälte eingeschneit,
Friste ich meine Stunden
In der Vergangenheit.

Dort fühl ich Deine Nähe
Und wünschte mir so sehr,
Daß ich Dich wiedersähe,
Mit Dir vergangen wär.

Wer sind wir?

Wer warst Du und wer bin ich,
Wohin führn die Fragen mich?
Wenn die Antwort gut getroffen,
Bleibt doch immer etwas offen.

Selbst, wenn wir zwei Menschen sehn,
Die sich noch so nahe stehn,
Sich im Treueschwur vereiden,
Eine Kluft bleibt zwischen beiden,

Die nur eins, darauf kommt's an,
Stetig überbrücken kann;
Steht weit über jedem Triebe,
Dieses eine ist die Liebe.

Letztes Ziel

So geht auch dieser Tag vorbei,
Im grau getrübten Einerlei,
Und in zermürbend gleicher Weise
Drehn die Gedanken sich im Kreise.

Steht nun am Ende meiner Zeit
Für alles Tun Vergeblichkeit;
Verbleibt nur noch die Klage
Mit mancher offnen Frage?

Kein Ausweg hin zu einem Sinn,
Kein Ziel für einen Neubeginn
Als dem, aus diesem Leben
Bald schmerzfrei zu entschweben.

Wie der Bär

Traurig, wie im Zoo der Bär,
Lauf ich nun auch hin und her;
Er, weil ihm die Freiheit fehlt,
Ich, weil mich die Leere quält;

Seit Du mich verlassen hast,
Keine Ruhe, keine Rast,
Als ob ich gefangen wär,
In mir, wie im Zoo der Bär.

Und so fließt die Zeit dahin,
Für uns beide ohne Sinn,
Bis, befreiend aus der Not,
Gnädig fortführt uns der Tod.

Dein Gesicht

Wenn ich all die Menschen sehe,
Such ich Dein Gesicht,
Täglich, ganz gleich wo ich gehe,
Doch ich find es nicht.

Nein, mein Liebling, eins wie Deines,
Das ihm ähnlich wär,
Schaute ich bisher noch keines,
Gibt es wohl nicht mehr.

Und wenn ich es doch noch fände,
Frag ich mich, wozu?
Sie, auch wenn sie vor mir stände,
Wäre ja nicht Du.

Carolina – Caroline

Hübsch wie eine Ballerina
War sie, meine Carolina;
Fast zu schön, um wahr zu sein,
Die beliebte Caroline.

Caroline, wie die Bekannten
Und die Freunde sie gern nannten,
Hatte so ein weites Herz,
Fröhlichkeit, den Sinn für Scherz.

Carolina, dieser Name,
Stand vorzüglich ihr als Dame,
Deren Anmut hat entzückt,
Einem Wesen, das beglückt.

Es wurde still

Die Blumen verschwunden, die Vögel fort,
Das Haus ohne Dich ein trauriger Ort;
Mit Dir kam auch die Sonne herein,
Jetzt ist es dunkel, denn ich blieb allein.

Die Blumen, Du hast Dich an ihnen erfreut,
Gehegt sie, keine Mühe gescheut;
Die Vögel kamen und zwitscherten laut,
Sie haben nach Dir und dem Futter geschaut.

Das war für mich Leben, war ein Idyll,
Vorbei für immer, es wurde still;
Ein zauberhaftes, ein reges Treiben,
Vorbei, doch die Erinn`rung wird bleiben.

Mit Deinen Augen sehn

Mein Schatz, mit Deinen Augen sehn,
Hat Freude mir bereitet,
Wenn mein Blick konnt nicht widerstehn,
Den Deinen hat begleitet.

Das Leuchten Deiner Augen ließ
Mich die Natur erleben,
Hat kleinsten Dingen überdies
Bedeutsamkeit gegeben.

Mit Deinen schönen Augen sehn,
Das wäre mein Verlangen;
Die Freude würde neu entstehn,
Ist ohne Dich vergangen.

Wie nur?

Wie nur kann ich Dich erreichen?
Lieber Schatz, gib mir ein Zeichen;
Ich vermiß Dich jeden Tag,
Weil ich Dich im Herzen trag.

Dort werd ich Dich immer tragen
Bis das Herz hört auf zu schlagen,
Und das Zeichen gäbst Du mir,
Wenn Du könntest, wär's schon hier.

Doch die Frage wird nicht weichen,
Wie nur kann ich Dich erreichen?
Stell ich mir an jedem Tag,
Weil ich Dich im Herzen trag.

In hundert Jahren

Könnte ich Dich wiedersehn
Erst in hundert Jahren,
Wie würd es mir dann ergehn,
Möcht ich wohl erfahren.

Hoffnung würde neu erblühn,
Ich würd nicht verzagen,
Jede Last und all die Mühn
Bis dahin ertragen,

Um mit Dir vereint zu sein,
Mich Dir hinzugeben,
Dort, wo nichts uns kann entzwein,
In dem ewgen Leben.

Sonne des Lebens

Du warst die Sonne meines Lebens,
Bleibst meines Daseins Licht;
Warst auch Beweggrund meines Strebens
Im Einklang mit der Pflicht.

Die Sonne, sie hat mich verlassen,
Es wurde dunkel drauf;
Ich kann und will es gar nicht fassen,
Sie geht nie wieder auf.

Des Daseins Licht wird mich begleiten
Bis hin zu meinem Traum,
Wenn wir ins neue Leben schreiten,
Verlassen Zeit und Raum.

Ich träume

Ich träum von meinem letzten Traum;
Ach, wär es schon soweit!
Verlaß mit Dir den Erdenraum,
So lang wird mir die Zeit.

Ich träum von diesem Glücksmoment
Wo uns die Sonne scheint,
Fortan uns keine Macht mehr trennt,
Das Herz niemals mehr weint.

Ich denk zurück

An jenen Tag denk ich zurück
Als wir im ersten Liebesglück
Uns in die Arme schlossen;
Viel Zeit ist drauf verflossen.

Ich denk an einen Tag zurück
Als wir verträumt im Liebesglück
In Urlaub sind gefahren;
Vor vielen, vielen Jahren.

Ich denk an manchen Tag zurück
Der uns geschenkt ein wenig Glück;
Den Alltag ließ uns überstehn,
Die Welt dann wieder heiter sehn.

Ich denk an diesen Tag zurück
Als mich verlassen hat das Glück;
Im Sarg hat man Dich fortgebracht,
Für mich wurd's dunkel, tiefe Nacht.

Alles vergangen

Zielbewußt ging ich zu Werke,
Habe viel geschafft;
Du verliehst mir meine Stärke,
Gabst mir so viel Kraft,

Daß ich keine Mühe scheute;
Hatte Dich im Sinn,
Früh bis spät, genau wie heute,
Zog's mich zu Dir hin.

Mit dem Unterschied, daß heute
Du im Jenseits bist;
Alles, was mich einst erfreute,
Nun vergangen ist.

Hoffnung im Glauben

Liebste, es will nicht gelingen,
Noch ein weitres Mal
In die Scheinwelt einzudringen,
Mir bleibt keine Wahl.

Von der Wirklichkeit durchdrungen,
Ihrem grellen Licht,
Hab vergeblich ich gerungen,
Find den Zugang nicht.

Bleibt die Hoffnung nur im Glauben,
Daß ich irgendwann,
Und die soll mir niemand rauben,
Dich umarmen kann.

Das gewisse Etwas

Wer die Caroline gesehen,
Kann mich sicher gut verstehen;
Eine Anmut hatte sie,
Das vergißt man einfach nie.

Ja, sie hatte das gewisse
Etwas, das ich so vermisse;
Etwas, das ich sehr geliebt,
Das es nicht noch einmal gibt.

Wird sie das im Himmel zeigen,
Mit den Engelein im Reigen,
Ich befürchte, Weh und Ach,
Dann wird selbst der Petrus schwach.

Erdbeerzeit

Wenn Du wüßtest, mene Kleene,
Wie sehr ich mich nach Dir sehne;
Es ist wieder mal soweit,
Hier im Lande, Erdbeerzeit.

Wie heiß war doch Dein Begehren,
Diese Beeren zu verzehren;
Hab den Korb voll ich gebracht,
Ja, dann hat Dein Herz gelacht.

Jetzt laß ich die Beeren liegen,
Ich kann keine runterkriegen;
Ohne Dich, das gleiche Lied,
Mir verging der Appetit.

Das würd sie sagen

Ich weiß, mein Schatz, Du würdest sagen:
Liebster, Du darfst nicht verzagen;
Bald schon ist die schwere Zeit
Auch für Dich Vergangenheit.

Ich kann Dich so gut verstehen,
Mir würd's ja nicht anders gehen;
Doch ich bleib für immer Dein,
Dessen kannst Du sicher sein.

Und, mein Liebster, Du mußt essen,
Darfst das keinesfalls vergessen;
Deine Mühen lohnen sich,
Was Du tust, tust Du für mich.

Ein Geschenk

Eben hab ich dran gedacht,
Wie ich es Dir mitgebracht;
Ein Geschenk, ich seh noch heut,
Wie sehr es Dich hat erfreut

.

Deine Augen, Dein Gesicht:
Sonne, die durch Wolken bricht;
So wurd ein Geschenk für Dich
Gleichsam eines auch für mich.

Deiner Freude eingedenk,
Gabst Du dadurch mein Geschenk
Mir schon hundertfach zurück,
Und auch das Gefühl für's Glück.

Als ob es heute wär

Hier stapften wir durch Eis und Schnee,
Wie lange ist es her;
Ein Bild, das ich so deutlich seh,
Als ob es heute wär.

Trotz strenger Kälte frohgemut,
Ging's vorwärts Arm in Arm;
Fesch sahst Du aus mit Deinem Hut,
Dein Pelz, er hielt Dich warm.

Dann mußten wir den Hang hinauf,
Die Wangen wurden rot;
Nichts hält mehr meiner Tränen Lauf,
Die Liebste, sie ist tot.

Eins mit Dir

Zwei Tage war er noch bei mir,
Dein Leichnam in der Wohnung hier;
Ich wollt es einfach nicht verstehn,
Daß ich Dich sollt nie wieder sehn.

Ich hab an Deinem Bett gewacht
Bis ich fest einschlief, in der Nacht,
Danach Dich wieder angeschaut,
Der Anblick war nicht mehr vertraut.

Dein Körper, ja, er lag noch dort,
Doch Deine Seele war längst fort;
Jetzt habe ich Dein Bild vor mir,
Du lächelst, ich bin eins mit Dir.

Unsterblich verliebt

Sie ist doch tot, das sagt man so,
Kommt niemals mehr zurück;
Ich aber werd nie wieder froh,
Find auch kein neues Glück.

Erfahre, was unsterblich heißt,
Daß es dies wirklich gibt;
Bleib, wie sich täglich neu erweist,
Immer in sie verliebt.

Du bist zugegen

Du bist auf allen meinen Wegen
In meinem Herzen stets zugegen;
Dadurch wird es unsagbar schwer,
Denn ich vermisse Dich so sehr.

Die Dinge, die mich hier umgeben,
Sind tot, erwachen nicht zum Leben;
Könnt ich noch einmal mit Dir gehn,
Sie würden wieder auferstehn.

So aber werd ich weiterschreiten,
Nichts kann mir Freude mehr bereiten,
Bis man mich aus dem Hause trägt
Und sich mein Arm fest um Dich legt.

In einem Satz

Ich fasse es in einen Satz:
Mein kleiner Spatz, Du warst ein Schatz,
Mein Schatz, den ich im Herzen trage,
Bis an das Ende meiner Tage.

Dort kann Dich niemand mir entwenden
Bis auch mein Leben wird hier enden;
Dann suche ich für uns, mein Schatz,
Für alle Ewigkeit den Platz.

Ich möcht zu Dir

Ich möcht zu Dir, das sagte sie
Im Krankenbett zuletzt;
Die Worte von Annemarie
So oft hör ich sie jetzt.

Sie wollte hin zu ihrem Mann,
Ihn endlich wiedersehn,
Ihn, der ins Jenseits ging voran,
Ich kann sie gut verstehn.

Heut fühle ich genau wie sie,
Es geht mir so wie ihr;
Ich sag, wie einst Annemarie,
Liebling, ich möcht zu Dir.

Wie oft noch?

Wie oft geh ich diesen Weg noch?
Frag ich jedes Mal;
Wird mir, Liebste, ohne Dich doch
Jeder Schritt zur Qual.

Ich seh Dich in Deiner Anmut,
Deinen leichten Gang;
Hör, was mir fehlt, jetzt so weh tut,
Deiner Stimme Klang.

Schaue dann in Dein Gesicht,
Bleib erschrocken stehn;
Sehe, wie Dein Auge bricht,
Kann nicht weitergehn.

Auf Wiedersehn

‚Auf Wiedersehn muß ich Dir sagen,
Ein herrlicher Traum geht vorbei;
Du kennst ihn und brauchst nicht zu fragen,
Denn träumen taten wir zwei.

Wir träumen wohl weiter, doch allein,
Und sind uns dabei so sehr nah,
Im Traum, der, es kann nicht anders sein,
In Wirklichkeit bald schon ist da.

Vergiß mich nicht !
Carolina

Vergiß mich nicht!

Bevor ins Ausland ich gefahren,
Damals in meinen Jugendjahren,,
Schriebst Du mir unter ein Gedicht
Drei Worte nur : "Vergiß mich nicht!"

Die Worte hatt' ich unterdessen,
Wie meine Verse, längst vergessen,
Bis ich den Zettel heute fand,
Auf dem Dein Wunsch geschrieben stand.

Doch dies kann keinesfalls besagen,
Daß nun ein Grund beständ zu klagen,
Denn es gab weder Tag noch Nacht,
Wo ich an Dich hab nicht gedacht.

Ich vergeß Dich nie

Nun geh ich wieder unsre Runde,
Denk nur an Dich, die ganze Stunde;
Würd Dir, auch heute im Gedenken,
So gerne ein paar Verse schenken;

Mit lieben Worten, die ich dann,
Komm ich nach Haus, Dir sagen kann;
Du lebst in meiner Phantasie,
Mein Liebling, ich vergeß Dich nie.

In Montreal

Damals, Schatz, in Montreal
Wurd die Zeit für mich zur Qual;
Fast ein Jahr musste vergehn
Bis zu unsrem Wiedersehn.

Jedem Flugzeug schaute ich
Nach und dacht' dabei an Dich;
Hätt es mich doch mitgenommen,
Schnell würd ich dann zu Dir kommen.

Heute wär ich gern noch mal,
So wie einst, in Montreal,
In der Hoffnung, daß ich dann,
Dich bald wiedersehen kann.

Ihr Hänschen

Ein kleiner Vogel , so süß und so zart,
Vom Lufthauch getragen, welch liebliche Fahrt;
Sie hat Dich liebevoll Hänschen genannt
Und rief Dich, dann flogst Du zu ihr auf die Hand.

Die zwei, es gibt sie schon lange nicht mehr,
Ich denke an sie, und das Herz wird mir schwer;
Das Bild von Euch beiden, ich trag es in mir,
Seh Euch jetzt so deutlich als wäret Ihr hier.

Alles für Dich

Liebling, meine ganze Habe,
Gäb ich freudig Dir,
Kämst zurück Du aus dem Grabe,
Noch einmal zu mir.

Könntest alles dann erwerben,
Was Dein Herz begehrt;
Dir würd, bis wir beide sterben,
Kein Wunsch mehr verwehrt.

Gilt erst recht für meine Liebe,
Die unvergänglich ist,
Weil Du, auch wenn ein Traum dies bliebe,
Mir immer gegenwärtig bist.

Bis ans Ende

Immer weiter, immer weiter,
Läuft die Zeit, mein Schatz;
Hast im Herzen, als Begleiter,
Deinen festen Platz.

Bis ans Ende meiner Tage
Wirst Du dort beweint;
Findet Ruh' erst meine Klage,
Wenn der Tod uns eint.

Würd doch!

Würd doch ein liebes Wort von Dir
Mir Freude jetzt bereiten;
Wenn ich gleich fahre fort von hier,
Mich auf dem Weg begleiten.

Würd doch ein lieber Blick von Dir
Noch mal das gleiche sagen,
Ließ leicht mich, bis zusammen wir,
Des Tages Mühn ertragen.

Würd doch ein Wiedersehn mit Dir
Mich noch einmal beleben;
Danach dann mög der Tod auch mir
Die Hand zum Abschied geben.

Ich seh Dich

Am Fenster, Liebste, stehst Du nicht,
Um mir den Abschiedsgruß zu geben,
Und trotzdem seh ich Dein Gesicht,
Wie damals, im vergangnen Leben.

Ich wink Dir zu, Du schaust mich an,
Der Augenblick wird gleich vergehen;
Mir ist , Du hältst mich fest im Bann,
Als würde ich Dich lächeln sehen.

Dies wiederholt sich jeden Tag,
Inzwischen nun schon über Jahre,
Seitdem ich Deinen Tod beklag,
Wenn fort ich von Zuhause fahre.

Anfang vom Ende

Der Anfang vom Ende,
Er liegt hinter mir;
Es gibt keine Wende,
Mein Weg führt zu Dir.

Wo ich derzeit stehe,
Genau weiß ich's nicht;
Ich weiß nur, ich sehe
Am Ende das Licht.

Wenn ich Dich dort finde,
Das leuchtet wohl ein,
Wird damit das Ende
Ein Neuanfang sein.

Nicht mehr weit

Ich geh zurück, es ist nicht weit,
In der gewohnten Traurigkeit;
Die ersten Flocken, ja, es schneit,
Und fühle, daß ihr bei mir seid.

Die Toten gingen heute mit,
War'n mir so nah bei jedem Schritt;
Es geht voran, ist nicht mehr weit,
Bis an das Ende meiner Zeit.

Jetzt, wo ich unser Haus schon seh,
Liegt hier bereits ein wenig Schnee;
Ich hab's erreicht und geh hinein,
Werd gleich bei meiner Liebsten sein.

Bei ihrem Bild, aus dem vertraut,
Sie immer lächelnd zu mir schaut;
Mein Trost, es ist nicht mehr so weit,
Dann bin ich bei ihr allezeit.

Unheilbare Wunden

Die Stunden, Tage eilen,
Doch, daß die Wunden heilen,
Davon hab ich seit Jahren,
Mein Liebling, nichts erfahren.

So streb ich Dir entgegen,
Auf allen meinen Wegen;
Hab Trost darin gefunden,
Doch schließen sich die Wunden

Erst, wenn ich auch vergehe,
Ein letztes Mal Dich sehe,
Dich liebevoll umfasse,
Und nie mehr von Dir lasse.

Für sie

Es ist mein Ziel gewesen,
Daß Menschen von ihr lesen;
Sie drauf mit ihrem Herzen sehn,
Dort sollt sie wieder auferstehn.

Würd Freude mir bereiten,
Könnt ich dies spürn beizeiten;
Soweit das Ziel, weshalb ich schrieb,
Auch, wenn es dann ein Wunsch nur blieb;

Erfüllt wurd mein Bestreben,
Ihr alles das zu geben,
Was von mir jetzt noch übrig blieb,
Daß ich sie über alles lieb.

Die letzten Stunden

In unsren letzten Stunden
Hab ich so tief empfunden,
Vielleicht wie nie zuvor;
Als ich Dich dann verlor,

War ich auch selbst verloren;
In Trauer eingeboren,
Gedenk ich täglich Dein
Und träum von einem Sein

Mit Dir, so tief verbunden,
Wie in den letzten Stunden,
Im Leben ohne Leid
Für alle Ewigkeit.

Ohne sie

Ohne sie such ich vergebens
Noch mal nach dem Sinn des Lebens;
Meines Lebens, dessen Sinn
Mit der Liebsten schwand dahin.

.

Ohne sie kann mir das Leben
Nicht noch einmal Freude geben;
Möchte ich nur noch dahin,
Wo ich wieder bei ihr bin.

In der Welt, die wir nicht kennen,
Jenseits und auch Himmel nennen,
Die als Lichtquell mir erscheint,
Uns in Ewigkeit vereint.

Ein tröstlicher Gedanke

Der Einsamkeit ergeben,
Bin ich nun ganz allein;
Werd bald im ewgen Leben
Für immer bei Dir sein.

Ein tröstlicher Gedanke,
Der mich nicht fallen läßt;
Wenn ich auch noch so wanke,
Daran halt ich mich fest.

Am Ende unsrer Tage
Scheint uns die Erdenzeit
Als, so war's ohne Frage,
Moment der Ewigkeit.

Mein letzter Traum

Den neuen Tag erträum ich mir
Als schönsten Traum vor meinem Ende;
Geh eng umschlungen fort mit Dir,
Ganz sanft berührn Dich meine Hände,

In eine Welt des wahren Seins,
Wo wir nicht Leid und Falschheit kennen,
In unsrer tiefen Liebe eins,
Dort kann uns keine Macht mehr trennen.

„Neuer Tag"

Erlebnisse im Hotel mit König Alfred und seinem Hanswurst unter Berücksichtigung der Zensur durch das Landgericht Hamburg. Der Kampf eines Bürgers gegen ein Unternehmen mit faschistoiden Verhaltensweisen. Band I–X
Band I: ISBN 978-3-8334-7985-4

König Alfred und sein Hanswurst
Ein MALBUCH mit 66 heiteren Geschichten in Versform
ISBN: 978-3-8334-8037-9

Sokrates läßt Deutschland grüßen – damit Freiheit atmen kann
ISBN 978-3-8334-7988-5

Das große Kochbuch
Ein Menü für Juristen und verantwortungs-bewußte Staatsbürger
ISBN 978-3-8334-7987-8
Kurzfassung der Bande „Erlebnisse im Hotel I–VIII" in acht Kapiteln auf 526 Seiten mit den kompletten Vorworten und 327 Gedichten

Mir reicht's – Deutschland ade
ISBN 978-3-8334-7986-1

Bürger wacht auf!
Zum Obrigkeitsstaat
ISBN 978-3-8370-2276-6

Daß Liebe unser Leben durchdringt ...
ISBN 978-3-8334-7977-9

Für Dich
ISBN 978-3-8334-7975-5

Nur noch für Dich – Eine Liebeserklärung, Band I–III
Band I: ISBN 978-3-8334-7976-2
Band II: ISBN 978-3-8334-8769-9
Band III: ISBN 978-3-8334-7406-4

Anfang und Ende – Gedichte für einen geliebten
Menschen
ISBN: 978-3-8334-8770-5

Für Dich – Eine Nachlese
ISBN: 978-3-8370-6224-3